KB170439

듣고
있나요

김안나 감성시집

초판 발행 2011년 9월 24일

지은이 김안나
펴낸이 안창현   펴낸곳 코드미디어
북 디자인 Micky Ahn   편집디자인 장민서   교정 교열 황기도

등록 2001년 3월 7일   등록번호 제 25100-2001-5호
주소 서울시 은평구 갈현1동 419-19 1층   전화 02-6326-1402   팩스 02-388-1302
전자우편 codmedia@codmedia.com

ISBN 978-89-94178-30-1-03810

정가 10,000원

이 책은 '용인시 문학창작 지원금'을 받아 출판되었습니다.

김안나 감성시집

듣고
있나요

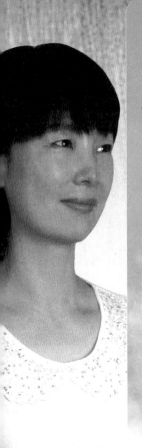

세 번째 문이
닫히고

난 네 번째 문을 향해
떠나려 한다.

이별처럼 안타까운 일이 또 있을까만은 영원히 함께라는 것도 있을 수 없는 일이다. 돌이켜보면 까마득한 시간이지만 늘 아쉽고 부족했기에 칭찬보다는 불평을 더 늘어 놓았던 날들.

이젠 그를 보내 주어야 한다.

이별
살아오면서 한두 번 겪은 것도 아닌데 이번은 유난히 마음이 아리다.
매일매일이 미지의 탐험이었던 올해.
수없이 밀려드는 파도에 그어진 생채기로 늘 허덕였지만
항상 곁에 있어 주던 그로 인해 행복했다.
그런 그를 바쁘다는 이유로
더 깊이 사랑해주고 어루만져 주지 못하고 보내
이 시간이 지나면 후회를 할 것 같다.
그러나 과거는 늘 후회의 잔재.
머뭇거리기엔 시간이 그리 많지 않다.

세 번째 문이 닫히고
난 네 번째 문을 향해 떠나려 한다.
실크 바람이 팔짱을 낀다.
동행이 있어 외롭지 않을 것 같다.

2011
09   가을 어느 날

목차

01

스며들 수 있는, 그건

02
쑥 버무리

03
울음이 나무를 키울 때

04
물꽃

목차

05
벽이 되어

김안나 詩集

1

스며들 수 있는, 그건

듣고
있나요

돌아감에 대해

묵은 김치를 씻었다
겨우내 살 부빈 친밀한 것들이 그렇게
쉽사리 떨어지는 것을 보고
하마터면 주저앉아 펑펑 울 뻔 했다
뿌리를 잘라낼 때 각오한 일이라 해도
마지막 한 잎까지 정갈하기를 수없이 바랬을 기원
손끝의 감각이 물컹해지며
김치는 두엄냄새 나던 흙의 기억을 제 몸에 뿌리고
사각대던 말을 잃는다

버려야 할 것에 대한 고뇌
…… …… ……
한 잎 한 잎 긁적거리던 생각에서
심줄 하나 뽑아 닻밭*에 건다

배추벌레 한 마리
밭을 갈고
속 잎이 오물거리며
젖을 빨고 있다

———
*닻밭 : 배가 닻을 내리고 정박하는 곳

푸른 발길질

이글대는 열정 한 사발 들이키고
진초록 생물 토해내며
일어서려는 몸부림
그 애끓음 앞에
무엇을 위해라는 구태연한 물음표 달지 않고
나 최후의 증인이 되리라

생과 사
이분의 일의 확률을 걸고
허공을 여는 절체절명의 종소리
그것이 순간의 환청이라 하여도
울리거라
눈물없이 울리거라
푸른 발길질 거듭 거듭
가득 울리거라
그리하여
네 몸의 껍질들을 빨아삼킨 시간 앞에
당당히 설 때
나 하염없는 눈물로 바라봐 주리라

두꺼비 집

헌 집 줄 테니 새 집 달라고*
줄줄이 손을 넣다 뺐다하는 사이
한 움큼씩 쥐고 나왔을 시린 내장들
갈퀴의 길에 뿌려져도
가는 등뼈 움막처럼 세워 버틴 길의 끄틈지
뉘엿 뉘엿 접는 헛 하루

종족 잃은 비린 쭉정
어제같은, 그러나 먼 이야기 그만 지우려
눈이 툭 불거지도록
꾸루룩 울음 제치다
사내 하나 들어가면
파르르 떠는 집

———
*전래동요 일부

지면이 몸을 세웠다

수시로 밀려드는 낯선 고독
한 손이 한 손을 비벼 달래며
동. 동. 동
걸어온 흔적 위에
꿈틀, 지면이 몸을 세웠다

남들이 보면 쉬웠을 웃음
그리 쉽지 않았다 함부로 말하지 않고 묵묵히 오는
동안
단단한 시련의 막 뚫고
첫 눈을 뜬 여린 순들
그것들을 키워 내느라
거친 어둠 맨손으로 긁어내며
얼마나 많은 눈물이 웃음 끝에 매달렸을까
얼마큼의 시린 밤들이 잠들지 못했을까
아픔을 알기에 아픔을 안아줄 줄 아는 사랑이
버둥치던 언어의 심장소리를 들을 수 있었던 건 아
니었을까

하마터면 까마득한 어둠에 묻혔을지도 모를

아찔함 쓸어내며
세상을 향해 기지개 펴는 초롱한 눈빛에
텁텁한 감성 맑게 물들이기를
그 누구도 상처 받지 않는 인연이 되기를
간절히 바라는 약속 하나 걸며
삶 끝에 글을 묻혔다

수원 연화장에서

활활타는 눈빛이 무겁던 옷을 벗긴다
각오한 일이지만 몸을 훑고 지나가는 자리마다
겨울나무처럼 앙상한 마디가 울고
꾹 감았던 빈 동공은 한없이 깊다

…… 혼자구나 ……
이러고 싶지 않았는데 생생한 내 심장 통째로 도려낸
너 때문이야……
하얗게 부셔져 버린 독백

잠시 따스했던 온기 앗아가고 다시는 찾지 않을 이름
석자 선심인 듯 새겨주니
　속마음엔 슬픔이 억울하게 남는다
　가슴 깊이 박힌 고통 까악깍 몸부림 칠 때는 혼자는
아니었는데
　아무런 아픔 없는 지금은 차디찬 혼자
　습습한 어둠이 내린다
　수소원소보다 더 더 더 가벼워진 몸에 아무것도 걸치
지 않았지만
　누구도 신고하지 않는다

말끔하게 차려 입었을때는 이러쿵 저러쿵 소문도
잘 엮더만
　　지금은 홀랑 벗고 유혹해도 묵인해주는 메스꺼운
얼굴들
　　다시는 보지 않아 속 시원할 줄 알았는데
　　빌어먹어도 좋은 곳이었나 발길 떨어지지 않으니
　　알다가도 모를 일이 이곳에서 멈춘다

오래된 허기

  곰팡이 꽃만이 누수의 귀를 열고
  찬란했던 한때의 영광 흙에서 흙으로 까맣게 기댄
등줄기
  환성의 불청객 망막을 걷어 올린다
  꾹 다문 출생의 비밀 밝히려
  탈진한 동공 깊숙이 들락이는 핏발이 선 눈길들
  바람도 깨우지 않던 침묵
  태연히 수치까지 벗겨 놓고
  관음증 환자처럼 흘깃거리며 술렁거리는 천인의
후예 앞에
  위엄을 지키려
  쿰쿰한 어둠이 빠져나간 텅 빈 뱃속에 아주 오래된
허기 채우고
  나일강 물줄기를 더듬는다

구수한 풍경

　예산 장 열리는 날
　빗살처럼 뽑아져 나온 날큰거리는* 가닥들 국수
방앗간 거치대에 널려있다
　습관처럼 벌어진 가랑이 사이
　느긋하게 드나드는 충청도 햇살과 바람
　콧등 시큰한 향수다
　유명상표도 유통기한도 없는 무지봉투에 대를
이어오는 동안 저울이 된 손
　국수를 담는다
　뽀얀 손 털어 낼 때마다 밀 향기는 장터 누비며
　후루룩 빈 배 데워주고
　오늘은 아무개네 잔칫날이라고 소문이 넝슬 넝
슬 춤추면
　외상을 하여도 각서 따위 적지도 받지도 않고 쏜
살같이 달려가는
　예산 장에 가면
　명줄 길게 뽑아내는 구수한 풍경 하나
　천진하게 웃고 있다

────
*날큰거리는 : 물러서 조금씩 늘어지는 것

함께 살아간다는 것은

에스프레소 커피에 우유를 부었다
흑백의 팽팽한 경계
꽃잎같은 가슴 한쪽 꺼내어 저었다
위에서 아래로
아래에서 위로
수천 번 회오리 들락이고서야
서서히 스며드는
흑도 백도 아닌 갈색의 달콤한 한잔

지금 거기에선

화마에 밟혀 얽힌 육신
온 산 아우성치다 일그러진 까만 뼈마디
동동거리며 소리쳤던 그날의 기억 움켜잡고
서럽게 떠도는 구천의 눈물
티끌의 미련도 들고 가지 말라며 극락왕생 진혼
하는 홍련암* 풍경 소리
몇 번을 서성거리다
울컥 쏟아내는 토악질
청천의 문이 열리고, 닫히고
흉흉한 소문 날아간 자리
쌕쌕 돋음질하며
귀의하는 새 숨결

―――――

*홍련암 : 강원도 속초 낙산사에 있는 암자

호박꽃

꽃도 아니라고 사정없는 지청구에
붓기 가실 날 없던 눈두덩
냉소의 바람 밤낮없이 맞아도
눈물 고인 웃음 함박 열더니
만삭의 배
달을 품었다
고독을 말던 거친 손바닥
한 움큼
황금을 쥐었다

생각 바뀌기

규칙, 원칙, 관념에 줄줄이 묶였던 생각을 푼다
눈이 코가 되고
꽃이 새가 되고
노래가 비가 되고
졸음이 웃고
웃음이 울어도
펼쳐 놓으면 모두 나의 것

하늘이 바다라 해도
바다가 땅이라 해도
지구가 자전을 안 한다 해도
신이 없고 있다해도
생각을 바꾸면 세상은 내 안에 있는 나의 것

침묵이 열릴 때까지

손 끝 닳도록 헤저으며
아스라한 추억
시린 무릎 사이 감싸고 기다립니다

홀로 묻힌 어둠 속
들썩이는 바람에 시퍼렇게 얼어 붙어도
차마 문 닫지 못하고
선잠 흔들며

이곳일까 저곳일까
함부로 떼지 못하는 시선
추억이 침묵을 열고
환한 미소 지으며 올 때까지
서성이고 있습니다

갑상선

날기 위해
간절히 날고 싶었기에
나비도 벌도 될 수 없다는 사실 잊은 채
더부살이처럼 붙어
반백 년 퍼덕거렸습니다
허튼 이상을 향해

강한 척 부풀렸던 자만의 방치
속수무책 벌어지고 나서야
날 수 없음에 대해 부정하지 못할 협약서에
건강하겠노라 서명 하고나니
낡은 날개에서 새 살이 돋고 있었습니다

작은 날갯짓이 육중한 몸 세우고 눕히는
중심이 되고 있음을
고통이 부어 오르고서야 알게 되었습니다

용기

외로움이 손을 내민다
파르르 떠는 핏줄
잡아야 하나
말아야 하나
쭈빗대는 망설임의 귓가로 들리는 속삭임
—누군가로 아픈 상처 또 다른 누군가가 치유해
준대요—
심호흡을 하며 잡아본다
언제나 강한 줄만 알았던 모습이
풀썩 몸을 기댄다
외로움과 외로움의 캄캄한 접경지대
몇 거듭의 호흡 들이내는 절정의 끝
바리작*거리는 야윈 그리움이 포옥 안기며
마른 입을 열기 시작한다

---

*바리작 : 고통스러운 일이나 어려운 고비를 벗어나려고 팔다리를 내저
  으며 움직이는 모양

바라는 건

햇살이 총총 들어선 열차카페
늦은 사월의 수다와 마주 앉았다
잠잠하게 번지는 초록의 바림*
오래도록 감추었던 퀘퀘한 언어들 씻어내며
열차는 까륵 까륵 달린다

심장 소리까지 투명하게 들리는 아름다운 동행
설레임이 곁눈질하며 간격을 좁힌다
삼투압을 이룬 체온과 체온
겨우내 뒷목을 세웠던 나의 냉냉한 고독도 36.5도

열차가 가끔씩 심호흡 할 때마다
잠깐의 얼굴들이 머물다 점. 점. 사라져도
누구인지 꼬치 꼬치 확인해봐야 직성 풀렸던 오류로
가둬두고 싶지는 않다

현재는
선한 눈빛 통하는 사람과
아가의 솜털같은 바람을 나누며

무한 리필 된 달근한 수다 칸칸이 채우고
기적 소리 빵빵하게 함께 가기를

---

*바림(그라데이션) : 색깔을 칠할 때 한쪽을 짙게 하고 다른 쪽으로 갈수
 록 차츰 엷게 나타나도록 하는 일

안개주의보

해일처럼 밀려든 안개에 길이 사라졌다
허우적거릴수록 더욱 고립되는 하얀 적막
말끝마다 죽겠다더니 눈을 크게 뜨고 살겠다고 난리다
애간장 녹이는 목소리로 떠들던 내비게이션도 겁을 먹
은 듯
조용한 시야 제로 지대
비상등의 딸꾹질 소리만 아니라면 저승
어디로 가는 것일까
간간히 스치는 붉은 빛이 어릴 적 듣던 도깨비 불로 뒷
목을 당겨 오금이 얼어 붙어 버린다
살면서 한 거짓말이 몇 번인지
남의 가슴에 피멍들게 못질 한 것은 얼마나 많은지
쌓아 쌓아도 태산보다 높은 죄
속죄의 단두대에 놓일 때마다
어금니는 새파란 신음 소리를 내며
홀가분하게 준비하지 못한 후회로 바득거린다
매일 눈을 떠도 늘 함께 가던 삶과 죽음인데
어둠으로 기우는 순간
아직은 주저앉기 이른 시간이라고 별 수 없는 나약함
을 앞세워 애원해 본다

언제 끊어질지 모를 불안이 희미하게 던져진
낡은 차선의 등에 업혀
가다보니 사방에서 튀어나오는 차들
무슨 일이 있었냐는 듯
도로는 환하게 질주하고 있다

오늘

하루가 죽고
하루가 태어나는
수많은 회전 속
한 그루가 심장에서 뽑아낸 청핏줄 설설히 뿌려
놓으며
비워가는 허기의 끝
아무 희망도 없다며 손발을 오그리려는 순간
흐물흐물 사라져 간 어제의 죽은 표피를 들추고
눈을 뜨는 이파리
우주의 문이 열린다

스며들 수 있는, 그건

마디마다 얼어 붙었던 고독
너에게 안겨 흔적없이 녹던 날
더 이상의 물음표 달지 않고
그대로 네 심장이 되었다

힘찬 박동 소리 꽃잎 열고
무한의 향기 쏟아내
어디서나 몸 낮춰 발끝으로부터
스며들 수 있는, 그건
사랑이었다

체관에서 흘러 내린 순수가
아득하게 집착해 온 깍지를 풀 때
비로소 너로 인해
내 몸에도 사랑이 근질대기 시작하는 것을 알았다

아픔을 알기에 아픔을 안아줄 줄 아는 사랑이
버둥치던 언어의 심장소리를 들을 수 있었던 건 아니었을까

〈지면이 몸을 세웠다〉 중에서

김안나 詩集

2

쑥 버무리

듣고
있나요

가슴에 생긴 폭포

자식이 첫 월급 탔다며 용돈 주던 날
가슴엔 폭포 하나 생겼습니다
까마아득한 과거 오늘쯤,
첫 월급 탔다고 부모님께 빨간 내복과 환희 한 보루
사드렸을 때
그 가슴에도 생겨났을 폭포
수십 번 어루만지며 수고했다 하시곤 돌아서는 어깨
너머로
쏴—아 들썩이던 물줄기
오래도록 가슴 밑바닥 마르지 못하고 흐르더니
나에게도 한줄기 생기고 말았습니다

꽃 골무

실 가닥 길면 먼 데 시집 간디야
하시며 꽃 골무 끼워주시던 엄니
그 소리 겁나 실 가닥 끊어냈는데
지척인 엄니 집은 수십 타래
수십 타래 시댁은 반, 반 토막
봉숭아 꽃 한 움큼 따
다시 끼워 본 꽃 골무
엄니 틀니같이 헐거덕 대어
숨막히게 조여 보지만
길어진 실타래
칭칭 가슴에 감기고
손톱 밑에 눈썹달 서글피 뜬다

끈

매었던 끈 살아서는 놓치 않을 줄 알았는데
그가 알츠하이머의 강을 건너기 시작했다.
납작하게 엎드려 퍼더덕 퍼더덕 물살을 구기는 그는,
물방울들이 돌이 되어 내 가슴에 박히는 걸 못 본 척
아주 낯선이로 등을 보인다
덥썩 잡으려다 멈칫하는 겁먹은 시간
아무것도 할 수 없는 맥 놓음이다
숨 고름도 하지 않고 달려가다 강이 깊어지면
한 가닥 믿음 버티지 못하고 놓아 버릴지도 모를 텐데
차라리 이쯤에서, 이쯤에서
……
눈을 질끈 감고 팔매질을 해 본다
망할 생각이 허공을 윙윙 그어대다 발등으로 수북이
떨어진다
잡을 수도 놓을 수도 없는 징징 얽힌 끈
그가 백지처럼 하얘져 철없이 가벼워지기 전에
여기까지만
여기까지만
안간힘을 다해 간절하게 잡고 있다

회초리

아녀 괜찮다를 말꼬리마다 다시는 아버지
물 좋고 공기 좋으니 이게 보약이지. 짐승들 있으니
심심찮고.
애비 걱정말고 너 몸이나 잘 간수혀.
바쁜데 올 생각말고 전화나 가끔 허던가
놀이 삼아 심은 푸성귀라고 건네주시는 손끝
고춧물이 빨갛게 스며 나온다
어릴 적, 목침에 올려놓고 내 종아리 때리시며
어디 가서 후레자식 소리는 듣지 말아야 한다 말씀
하시던 대쪽같은 얼굴
이젠 먼저 후다닥 숟가락 거칠게 들어도
두 다리 아무렇게나 뻗고 큰소리 내어도
그려 그려 배 고프니 어여 먹어라 끄덕이시기만 하
시는
아버지의 낮은 목소리
지천인 싸리나무 가지를 못 보셨나
내일은 회초리 한 무더기 꺾어 가서 실컷 생떼를 부
려봐야겠다

기원

수술실 안으로 아이가 들어갔다
불안에 젖은 눈빛
어루기도 전에 닫혀버린 비밀의 방
사랑한다는 말 반쯤 툭 잘려 나간 자리
퍼덕이는 몸의 흔적들
모든 세포는 귀가 되어 찐득하게 감기는 비명이
매달린다
시커멓게 질식되어가는 초침 소리
여린 살갗들이 난도당하는 죽음 같은 꿈 속에서
아이는
'표본실의 청개구리' *를 기억하고 있는 것은 아
닐까
요망한 생각이 쭈빗하게 일어설 때마다 커지는
빈 속의 울음
구걸하듯 냉수 몇 컵에 달래고
빗살처럼 꽂히는 처절한 무능 앞에 맥없이 정강
이를 접어
하늘 향해 비벼대는 손바닥

————

*표본실의 청개구리 : 1921년 〈개벽〉지에 발표된 염상섭의 단편소설 제목

타박

엄마의 타박에 마당 귀퉁이 쪼그리고 앉아 꽁초 한 모
금 길게 뱉으시던 외할머니
뽀로통 입술 내민 내게 미워하지 말고 늘 잘해야한다
하셨지만
엄마가 미웠습니다
외할머니가 돌아가시기 전 교통사고로 입원하신
엄마는 입술 까맣게 왜 그리 애타셨는지
사방을 뜯어내며 몸부림 치셨는지
이유는 알려고 하지 않았습니다
해마다 외할머니 묘소 떼잔디를 맨손으로 어루만지며
사위 눈치 보지 말고 편히 사시라는 말 되새김하는 엄
마의 눈가에 소금꽃 피어도
그냥 겨운 설움이려니 하였습니다
엄마가 우리 집에 올 때마다 운전 못하는 난
택시타고 오지 버스 타고 왔냐고 심한 타박을 하였습
니다
긴 한숨 너덜한 신 끝 매달고 돌아가신 엄마의 흔적에
남겨진 꼬깃한 돈과 쪽지 한장
애덜 괴기라도 사먹여라
삐뚤한 글씨
눈앞에서 비청거립니다

쑥 버무리

쑥 버무리 먹고 싶다는 말 끝나기도 전
어머니 집은 온통 쑥밭이다

비듬처럼 떨어지는 쌀가루
보릿고개 넘어온 긴 한숨까지 낱낱이 익혀지면
어머니 손등까지 뻗은 푸른 줄기는 챙챙 쑥물 뽑아내
내 입안을 적신다

수없이 넘어지고 밟혀도
황량한 시간 질기게 살아온 그것은 나를 키운 생명력
한겨울 긁어내다 쑥이 될 어머니는 내년에도 푸르뎅하게
손끝 물들일지
퍽퍽한 물음표 목이 메지만
쑥은 철없이 쑥쑥 자라
오래도록 나를 버무려 줄 것이다

염치없는 바람

부르면 화사하게 웃어 주던 얼굴
누가 빗금을 그어 놓았습니까
조붓조붓한 손 꼭 잡고
가풀막* 걸어오며 동여 맨 눈물 자국입니까
편하다, 좋다 앵무새처럼 하던 말 알아듣지 못하는
사이
가득하게 서린 외로운 자국입니까
따슨 밥 한번 제대로 드리지 못하고
내 행복 채우느라 허겁대는 사이
힘겹게 여든을 잡으며
나의 무심줄 덮고 있었던 것을
오래 머물지 못할 거라 알면서도
당신이 머물 시간 많지 않다는 걸 알면서도
방황하는 후회는 애꿎은 답답함만 뿜어내며
건강하게 오래 사시라는 염치없는 바람만 또 하고
있으니
언제나 당신 마음을 알아챌 수 있을까요
가만히 도닥여 주시고
작은 피해라도 줄까봐 급히 돌아서는 발걸음

오늘도

불효 하나 길게 따라 가고 있네요

———
*가풀막 : 몹시 가파르게 비탈진 곳

집착을 버리며

운산 용장리 차부 옆 구부정한 허리 긁고 있는 느티
나무
승천 못한 구렁이가 들어 앉아 있다는 말에
여섯 살배기 오줌 지리며 달아났던 그 자리 그렇게
긁힌 자국마다 튕겨나온 뼈 세워 여린 심지 돋구어
푸르렁한 빛 밝히며 누구를 기다리고 있는 것인가

늙은 자궁에 갇힌 구렁이 제 허물 벗어 던져
나무의 옷을 깃고 있었던 것인지
나무가 제 몸 엮어 구렁이의 옷을 갈아입혀 주고 있
었던 것인지
수북이 쌓인 묵언에서 법정 스님의 무소유가 생각
나는 것은 무엇일까
사람들이 그 자궁에 구렁이를 넣었다 뺐었다 하는
사이
단 한번도 울음소리 들어보지 못한 미르를 품고
땡볕에 말라버린 사람들 등줄기 도닥여주고 있는
틈을 비집고
나의 어릴 적 젖줄을 찾아 더듬대는데
서울로 가는 막차
사정없이 팔을 끌어 당긴다

현실

누군가 한 사람
포기각서를 던지지 않으면 안 되는
바늘구멍에 들어가려는 낙타를 밀치고
코끼리가 들어가야 하는 기막힌 상황이지
오선지에 그려지는 음표를 콩나물 대가리라고 했던
안일한 농담이 여기서는 망언이 되어 버린거야
흑백의 논리가 묵언의 깊은 생각 쥐어짜며
쫓고 쫓기는 예리한 눈빛
한 치의 오차도 허락하지 않는
가로와 세로의 엄격한 규칙 안을 벗어날 수는 없는 거지
이미 싸움은 시작되었고
후회를 잡기엔 너무 멀리 선 외나무 다리
세상은 승자만 기억한다지

리폼 reform

쉴 틈 없이 하루가 고단해도 군소리 없던 그
펑퍼짐하게 뭉개고 앉아 버렸다
등만 돌리면 남이 되는 가벼운 세상에서
무책임한 나를 끌고
수만의 갈등 들썩대는 길 걸어오느라
닳아진 살갗
한때는
명문의 콧대 높이며 카랑하게 대로를 누볐을 텐데
무능한 사람 만나
질척대는 신음 묵묵히 견디느라 생채기 가득 서린
얼굴
피부 마사지도 받은 줄 알고
네일 아트도 할 줄 알고
성형딱지 붙이고 압구정동 어디쯤이라도
활보하고 싶었을 본연의 적나라한 욕망
반쯤 체념한 밑바닥

고생한다 사랑한다 말해주지 못한 후회 늦지 않길
바라며
참고 온 침묵의 앙상한 몸에 새 옷 입혀 주니
사뭇 발 끝에 저려온다

조화로움

   시큼한 김치가 냄비 안에서 신명나는 소리를 들
썩이고 있다
   꼭 닫힌 그 안에서 무슨 일이 있기에…
   자고로 머시든 궁합이 잘 맞아야 하는 벱이여
   돼지 잡은 누구네 언저리에서 얻어 온 비계
   썸벙썸벙 넣어 김치찌개 끓이시던 할머니도 저
토록 신명난 적 있었을까
   가난이 가녀린 심지를 꺼도
   흐린 불씨 불어 데운 김치찌개 할아버지 빈 밥상
에 올려놓고
   그리 좋아하는 넘의 살… 내 허벅지라도 썰껄…
   비계조각 같은 듬성한 이 드러내다 스르르 짓던
수절의 미소

   맞는다는 것은
   오랜 시간 곰삭아 가는 것

   냄비에선 찌개가 보글거리고
   식탁에는 숟가락과 젓가락이 가지런히 놓인다

먼 흔적

마루청 먼지 들춰내며 햇살 구겨 넣을 때
철거덕 철거덕 다가오는 오후의 유혹
목침 베고 잠든 할머니 눈 위에 숨긴 마음 올려 놓고
맴돌이 해보다
돌아 눕는 등 뒤로 괭이걸음하는 고무신
엿가락과 바꾼 달달한 행복에 해 지는 줄 모르다가
싸리문 밖으로 튀어 나오는 할머니 목소리
이노무 가이새끼 삼복을 기냥 넘겼더만 어여 고무신
한짝 안가져올껴 잽히기만 혀봐라 뒷목 세우고 마루
청 치는 몽둥이 소리에
담벼락에 엿처럼 달라붙은 몸
언덕바지 넘어가는 끈끈한 가위질 소리는 가느다래
지고
머리에서 쏟아졌던 한 바가지의 땀

이름 찾기

아침이 플러그를 꽂는다
여보 셔츠 다려놨나
엄마 샌드위치는
애야 밥은 될 됐냐
예고없이 튀어 나와도 부팅되는 넌 카멜레온

저녁을 클릭한다
엉킴없이 돌아가던 일상에 걸린 방화벽
이름을 적으십시오 여보
이름을 적으십시오 엄마
이름을 적으십시오 애야
정보가 다르니 문의 바랍니다
망망한 수식어 앞에 꼼짝할 수 없는 넌
봄베이 화석처럼 까맣게 엉겨붙은 곳에서
온전한 이름 하나 듣지 못하고 찾지 못하는 이방인

자화상

정상을 향해 거침없이 오르던 총명한 흔적
씁쓸히 입가에 새기고
물거품같은 사랑과 바꿔버린 꼬리지느러미
전설처럼 아득하다

황무지인지 가파른 바위인지 모른 채
눈물 한 방울 함부로 떨구지 못하고
끌고 온 푸석한 발등
까막등 연인처럼 의지하며 걸어온 중턱에서
타 버린 헛헛한 시간
그 흔적 바라보며
가벼울지 혹은, 더 무거울지 모를
내일이라는 가는 끈 하나
꾹 잡고 있다

청구서

적막에 뿌려진 알코올 냄새
솜이불처럼 덮고
침대 시트 위에 달라붙어 시간을 잊어도
날선 통증보다 쉼표없던 일상을 빠져나온
이상한 자유를 더듬벅 거리는 일 인실

등교 시간, 출근 시간, 약속시간에 가위 눌려
소스라치며 튕겨 오르던 습관
기어이 탄성을 잃고
M.R.I 안에서 속속 치부까지 보여주고 나서야
누리는 허망함

입고 싶은 것, 먹고 싶은 것, 가고 싶은 곳
질근 감고 온 미련한 청구서 무겁게 쌓이고서야
다닥 다닥 붙는 후회

나를 사랑하지 못한 죄명이
혈관을 돌며
죽음같은 잠의 늪으로 끌고가는 동안
청구서는 신이 나 뛰고 있을 참으로 덧없는 일

듣고 있나요

솟구치는 파란波瀾 가슴으로 막더라도
나만 있으면 괜찮다던 사람

눈빛만 보아도
흔들리는 목소리만 들어도
생각의 밑바닥까지 알아주어
정말 날 사랑하는구나 고스란히 믿었던 사람
모든 기억 다 지운다 해도 하나만은
결코 지우지 않겠다고 다짐했던 그 이름
적막에 피 맺히도록 지금 부르고 있는데
메아리조차 돌아오지 않는 섬뜩함
눈에서 멀어지면 마음도 멀어진다는 이야기가
머리칼 세우는 것은
어설픈 노파심이라고 밀쳐도 되는지

후회로 허덕거릴 때마다
땅이 꺼질 한숨 뱉을 때마다
걱정이 일어나는 일은 지구가 당장 사라지는 것
보다 희박하다고
늘 웃음을 꺼내주던 사람

천지 사방 더듬어 보아도
아무런 흔적 잡히지 않는 캄캄한 그 이름
들리나요
들리나요
듣고는 있는 건가요

분신 – 갈대

바람이 분다
시냇가 언저리에 걸터 있는 갈대
버티고 있는 정강이가 불안하다

포기?
절망?

아 아 아
갸녀린 목소리 물결 친다

난파한 구설의 잔 조각 뒷꼭지에 박힐 때마다
왼쪽 오른쪽 누웠다 일어섰다
게워내지 못하는 속의 울렁증
낯빛 하얘지다가
휘청 다시 일어서
강줄기 끌고 가는 갈대

비로소 너로 인해
내 몸에도 사랑이 근질대기 시작하는 것을 알았다

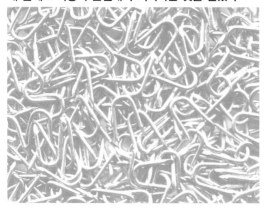

〈스며들 수 있는, 그건〉 중에서

김안나 詩集

3

울음이 나무를 키울 때

거르는 법

사유의 관 깊이 내려
순결한 언어를 끌어 올리는 일에
나를 바치지 못했던 성급함이 거칠게 으적이고
있다
하나를 얻기 위해
하나 쯤 버릴 줄 아는 너그러움 잊은 채
땡볕 아래 두터운 허울을 덮고
휘젓고 다닌 부끄러움

생살을 찢는 고통
밖으로 새어질까 힘껏 악물고
혈관을 열어
맑은 수액만을 뽑아내는 고로쇠 나무처럼
천천히 거르는 법을
먼저 알 일이었다

웃음의 항변

크게 한번 소리치고 싶어도
허락하지 않는 자존심 앞에 무릎 꿇지 않으려
마른 눈물 석순처럼 달고 일어섰습니다

사방에서 튀어나오는 날카로운 아우성
척박한 가슴 문지르며
처연하게 웃어야만 했습니다

웃었습니다
땅이 뒤집어지도록
혼이 빠지도록
각혈하도록
몽실몽실 피어나는 것은 웃음이 아니라
역류한 피눈물이었다는 것을
아무도 알지 못한 채

새빨간 거짓말처럼
세상은 그냥 웃더군요

가벼워지는 일

고집스럽게 당기기만 했던 집착의 끈 이제 그만
놓으렵니다
모든 것은 천상의 것
한 톨의 씨앗도 소유하지 못하는 허상에
더 이상 몸부림치며 결속하지 않으렵니다
왼발과 오른발이 같은 방향을 걸어도 엇갈림의 연
속이듯
하나 될 수 없음에 조마스러워* 하지 않고
홀가분히 사랑하고자 합니다
거침없이 굴러다니는 소문에 상처 날까봐
쩔쩔매던 짧은 생각도 털어 버리렵니다
터벅대며 걸어온 길 애타게 돌아본다고 다시 갈
수 없는 것
가는 길목마다 보여지는 대로 인정하며 걷다보면
빈 마음 어디쯤
호동가란히** 쉴 곳 하나 있겠지요

————
*조마스러워 : 보기에 마음이 초조하고 불안하다 라는 순우리말
**호동가란히 : 마음에 두지 않고 아주 조용히 라는 순우리말

풍란이 질 때는

바람이 몇 번의 혼절을 하고서야
눈 감는다는 것을
덜 거둔 눈물
한 방울
힘겨운 매달림을
보고서야 알았네

울음이 나무를 키울 때

겹진 어둠 들추고
땡볕 한가운데 걸어 나와
몸으로 울 수밖에 없던 마음

십층 베란다 망창까지 여름을 끌고 와
몸살나던 기다림엔 여유도 주지 않고
울어대던 조급함

울컥대는 입가 핏물 들이며
울음이 나무를 키울 때
시간은 또 한 겹의 테를 두르고 가을로 떠난다

부재不在

경부고속도로
충혈된 눈 부릅뜨고 생을 질주하는 차들
숨찬 호흡 내뱉으면서도
앞서거니 뒤서거니 흘깃대며 달린다
살아있다

햇살은
오밀 조밀 그림자를 빚어내며
웃고 있다
산, 나무, 구름, 가로등…
살아있다

바람은
짓궂게 가슴 더듬더니
황토빛 이를 드러내며 달음질 한다
힘차게
살아있다

모두가 살아있는 자리
너만
없다

공약

창백한 햇살 파르르 주저앉던 날
야윌대로 야윈 질긴 그리움이 줄을 맺다
붉게 쏟아내는 목울음에도
괜찮아, 괜찮아 지절이던 입
열리지 않는다
기다리라는 허튼 약속의 끄나풀 가물가물 쥐고
살박대는 새벽의 소리에
이제나 저제나 몇 번의 실눈 일으키다 놓아버렸을 끈
다시 당기면 못 이긴 척 새침한 웃음 지으며 오면 좋을
텐데
헛된 남발로 쭉정이가 되어 버린 약속
빈 손가락을 건다

청소기

희미한 심장에 쏟아지는 고압의 전기 충격기
스파크 일으키며 등을 관통하는 전류에
몇 번의 공중 부양 하다 거친 숨 한번 몰아쉬던 몸
육중하게 떨어진다
살갗을 비집는
구멍 난 양말, 비틀어진 밥알, 파지, 고철 부스러기들
혀끝으로 핥아내던 자잘한 기억까지 흔들어
플러그를 꽂아 보지만
윙윙 바람만 도는 빈 창자

눈물 한 방울 없는 씁쓸한 곳에
분주했던 몸 놓아두고
늘어진 코드를 거둔다

버리지 못하는 것

반쯤 감겨진 필름 꼭 움켜쥐고
한 줄기 빛조차 허락하지 않던 암실 빠져 나온
낡은 카메라
커다란 눈망울 촉촉하다
깔깔대던 웃음 퍼 올리던 셔터엔 현상現像할 수
없는 시간
까맣게 슬어 버렸는데
미련 놓치 못한 퀭한 초점은
지평선 너머
수평선 너머
깜박
한 컷의 몸부림 흐려진다

어쩌라고

복사나무가 운다
마디마다 서럽게 맺힌 눈물 꽃
봄살 같던 촌부는 뭔 바람이 났는지
설 떡쌀 담가놓으려다
수미산*으로 달아나 버렸다
복사나무는 앙앙 엄동을 뒹구는데
나 보고 어쩌라고

―――――

*수미산 : 불교의 우주관에서 세계의 중앙에 있다는 상상의 산

진실과 거짓 사이

거침없이 질주하는 말—굽에 밟히지 않으려 움켜쥐
는데
놓으라 놓으라 하십니다
당신은 혼자만 꽁— 꽁 닫으면서

악문 어금니에 꽂힌 분통이 인내를 벗기려는데
참아라 참아라 하십니다
당신은 팡— 팡 남김없이 터트리면서

멱찬 설움 수문을 밀고 시퍼런 울음 들어 올리는데
삼켜라 삼켜라 하십니다
당신은 신명나게 죽— 죽 뱉으면서

하루에도 수십 번 뒤집히는 속내 꾸럭대는데
침묵하라 침묵하라 하십니다
당신은 버스럭— 버스럭 밤새 뒤척이면서

어쩌나

삶과 죽음을 함께 짊어지고 하루 하루의 가파른
언덕 끌고가던 그 사람
  깊은 정만 덩그러니 내려놓고
  〈거짓말이다〉* 〈거짓말이다〉 하며 달아나 버렸다
  묵주를 끌어안고 외치다 질식한 삶
  얼마나 힘겨웠으면
  아침 햇살 배시시 눈 뜨는데
  돌아올 기척 찾을 수 없이 사라졌나
  아픔을 폐부 깊이 밀어 넣고
  앵무새처럼 되풀이 하던 감사하다는 말
  귓가에 따스해 힘껏 불러 보지만
  허공에 부셔지는 차가운 이름
  온 몸을 동여맸던 고통 훌훌 벗어버린 자리
  핏물로 쓴 시집 가지런히 남겨놓고 이젠,
  바람이 되어 아버지 만나러 가셨나보다
  그런데 어쩌나
  아직 할 말이 많은데
  보고 싶은데

———
* 고 유원석 시인의 3번째 시집 제목

산천어 축제

인정없이 얼어 붙은 강
산천어 축제가 한바탕 벌어지고 있다

단 한발의 실수도 허용하지 않을
번뜩이는 눈빛이 낮은 포복을 하고
숨죽인 고요의 가름쇠를 쏘아본다

길목마다 펄럭이는 일등 사수의 수신호
말을 삼킨 입들이 일제히
팽팽하던 긴장을 당긴다

플라스틱 밑밥을 물고 줄줄이 끌려오는 질린 눈동자
그들은
동족의 허기 타는 냄새 킁킁 맡으며
바르샤바 게토*를 떠 올리지는 않을까
얼음장 밑으로 떼어놓은 아기집
종족 보존의 치열한 사명 닿는 순간
뭉컹 쏟아버리는 순결한 피
스스로가 스스로에게 묵념을 한다
줄줄이 묵념을 한다

---

*바르샤바 게토 : 제2차 세계대전 때 나치 독일이 유대인을 격리 시키려고 폴
란드 바르샤바에 만들었던 집단 강제 거주 지역

지울 수 없는

　예고없는 들이닥침에 퉁퉁 부어버린 강물
　어슬렁대던 방심 힐끗거리며 붓기 빼느라 허겁대는
사이
　잘방대며 놀던 졸망한 행복이 급류에 쓸렸다
　가쁘게 오르는 혼미 속에서 너만은 살라는 간절함
　물 밖으로 밀어놓고
　지푸라기 하나 잡지 못하고 물의 방울이 된 아버지

　혼탁한 물살 위를 가슴치며 동동거렸던 어린 눈동자
　평생 아버지를 늑골에 세우고
　물 한모금 들이킬 때마다 돋는 소름
　걷어내지 못하고 살아야 하는 두터운 사연

24시 해장국 집

모퉁이 터 잡은 가마솥
고단한 파장이 끓고 있다

나즉한 가게 안
바위만한 눈꺼풀에 앉은 자정 소리
고요 속을 꾸벅이다
기척 소리에 후다닥 솥뚜껑 여는 손
언저리가 벌겋다

바람의 언덕

거세게 울부짖는 소리
바다를 걷어 올렸다 내렸다 시퍼런 난투극이다
떨어져 나가는 허공의 살점들
아―아―아― 절박의 비명 곤두박질해도
거칠은 포효 앞에 난 한낱 물방울
사정없이 헤치며 깊은 속살까지 더듬어도
반항조차 할 수 없는, 차라리 그냥 말라버린 젖꼭지
물리고
속 없는 투정 다 풀릴 때까지
이유도 묻지 않고
언덕에 주저앉아 기다리고 있다

왼발과 오른발이 같은 방향을 걸어도 엇갈림의 연속이듯

하나 될 수 없음에 조마스러워하지 않고

홀가분히 사랑하고자 합니다

〈가벼워지는 일〉 중에서

김안나 詩集

4

물꽃

듣고
있나요

만개滿發

1.
노랑인 듯 분홍인 듯
보일락 말락

닿을 듯 말듯
환장하는 유혹
꼴깍
다리만 풀어놓고 마는
저 몹쓸 현란

2.
길마다
쌜룩대는 꽃망울
이를 드러내며 농을 걸고 있는 벌들의 촉수마다
깔깔 웃음 열며 들어 앉는 암술과 수술

웃고 웃고
웃고 웃다
가슴 봉긋 얼비치며
살랑대는 눈빛
혁
질식할 것 같은 황홀

물꽃

고요를 문 새벽강
고랑마다
뿌리가 줄기로
줄기가 꽃으로
아롱 아롱
몸 살라 피어나는 것

첨벙첨벙
제 소리 물고
끌어안는 영혼의 입맞춤
하이얀 조문 허공을 잡다
갈망하는 몸부림
그래
그것을
우린 사랑이라 하자

꽃이 된 사랑

1
해 그림자 산모롱이 돌아서면
다소곳 손 모은 그녀가 있습니다
한 사람을 사랑하다 꽃이 된 눈물이 있습니다
너무도 소중하면 가슴에 묻는다지요
잠든 창
수없이 매만지다 돌아서야 했던 자리
밤마다 그리움 풀어놓다
달맞이 꽃이 된 사랑

2
길어진 목에선 진노란 설움이 올라 와도 소리내어 울지 못하고
정강이로 흘러내린 그리움
늦이 되어 꼼짝할 수 없었습니다
영영 볼 수 없는 것은 아닌지 불안이 허우적거렸지만
수억 겁의 시간을 지나 온 인연이라 믿었기에 바득대며 버텼습니다
핏기 빠진 손가락 사이로 시간은 급행을 타고 지나가고 지나가고

가슴에 생긴 커다란 터널에선
이어질 듯 끊어질 듯 환청같은 목소리만 우글거
렸습니다

여깁니다
목울대의 배를 갈라 불러보았지만
허공은 걸신이 들린 듯 죄다 삼켜 버리고
빈 정적만이 까맣게 쏟아져 내렸습니다

아무리 질긴 그 무엇 헉헉대며 잡아 당겨도
어쩝니까
우리 인연 여기까지니 말입니다

운수

닥터피쉬 카페에 갔다
물 속에 발을 담그고 기다리는 동안
어느 대학교 출신일까
유학은 갔다왔나
배경은 좋은가
생각이 수없이 헤엄치다가
아무렴 어때
의사라는데
조간신문 운수란에 좋은 일이 있다던데

허겁대며 달려드는 허기의 떼
물고기가 의사란다
청진기도 없이 톡. 톡. 톡
자신의 몸집보다 커 버린 배를 바닥에 대고
떨어질 줄 모르고 뿜어대는 생존의 기포
커피 한 잔 더 시켜야 하나
조간신문 운수란에 생각지도 않은 지출 있다더니

바람

어둠에 묻혀 살지만
어둠에 구속되지 않고
나폴대는 숨결
생사를 넘나들어도
믿음 하나 세우고
진정으로 끌어 올렸던 열정

사그러져가는 몸
또 다시 그토록 뜨거워질 순 없겠지만
한번만
단 한번만이라도
그대의 따스한 빛이 될 수 있기를
간절히 바라는 기도의 눈물

언제일까

희미한 창문 향해
죽음을 저장 잡히고라도 사랑받고 싶은 마음이
아슬아슬 줄을 타다 또 떨어진다
얼마큼 가슴 후벼내야
그리움의 관절 얼마큼 더 녹아 내려야
한 마리 불나방이라도 될 수 있을지 아득히 먼 끝

오늘일까 내일일까
한숨 뽑아내는 입술에 켜켜이 어둠이 쌓여도
낡은 바람 소리 휘청이는 공터에서
스산하게 자라버린 무수한 추억 헤치며
건너편 아파트 불빛 닦는 젖은 눈빛

경험

감성에 부딪친 날카로운 언어들
새파랗게 박혀
빼내려는 안간힘조차 끊어 놓아
멍하니 초점 멈추고
말문까지 단단히 걸어 잠근 침묵

악연도 인연이라고
아픔도 사랑이라고
허허롭게 말 하지만
마음놓고 펴지도 못하고
꼼꼼히 가두어야만 했던 속 까맣게 타 버린 후
머리 검은 짐승 거둬봐야 아무 소용없다는 말 질기게
씹으며
울음은 깊은 웅덩이를 파내야 했다

흔적만 남기고

비가 옵니다
이건 비가 아니라 그대 어깨라도 기대고픈 나의
눈물입니다
푸석하게 일어서는 누런 추억
하나, 하나 지워야하는 아픔입니다
흔적마다 명치끝 욱신대는 서러움과 원망이 우르
릉 대지만
언제 다시 볼 수 있을지
정말 볼 수는 있는 것인지
소용돌이치는 불안의 입 틀어막고
흐느끼다
...
흐느끼다
...
잘 살라는 속없는 기원 주르륵 떨구고
숨죽여 가야하는 고독한 발걸음입니다

이유

당신이 부쳐 준 자그마한 선물 꾸러미
풀어보는 내내 하얀 향이 스며 나왔습니다
그건
우르르 떠나버린 관객없는 무대에서
푹 꺼진 웃음 혼자 웃고
혼자 울던
진한 외로움의 내음이었습니다
보푸라기 하나 떼어내 주지 못한 나의 무관심 들추지
않고
자신의 알맹이 서슴없이 내주고도
더 주지 못해 빈 껍질 풀떡거리는 그런 당신께
나 이제 사랑을 빚지고 말았습니다
살아오면서 누구에게 빚지고는 살 수 없는 성격
알고 계신 건 아니었는지요
평생 다 갚지도 못할 커다란 빚 내게 얹혀주고
갚는다 하면 볼 붉히며 달아나 버릴 그런 당신은
내게 살아야 할 이유를 꼭 묶어 놓고 말았습니다

돌아갈 수 없는 길

책보자기 질러 매고
새벽을 불어대며 달렸던 길 보이지 않는다

허기진 산이 해를 삼키면
보리밥 몇 알 붙인 숟가락
양은 도시락 안에서 달강달강 보챌 때
등 굽은 밭두렁에 업혀
푸른 목화 하나
점순이 다리통만한 무 하나
콩대 질질 끌고 가다
서리발 같은 소리에 줄행랑 쳐도
매일이 즐겁던 그 길 어디인지

문둥이 어린애 간 먹는다는 소문에
가슴 움켜쥐고 달리며
콩알만한 간 키우던 길 다시 가고 싶어
초코렛, 피자, 스파게티 탱탱하게 허기 채우고
등골 세울 소문도 없어
숨 받치게 달리지 않아도 될 지금까지
다음 날
또 다음 날도
찾아 헤매도 없는 길

일출

어둠의 끝 가르는 붉은 환희
수직으로 서는 싱싱한 전율
마주한 뜨거운 눈동자, 눈동자
다물지 못하는 입술로 천천히
포개지는
황홀한 감미로움
이 시간이 지나면
모든 것이 시퍼렇게 가슴 칠 후회라 해도
비린 삶 한 가득 끌고 가야 일상의 수레
오늘만은
다 내려놓고
끼룩대며 밀고 오는 너를
으스러지도록 안고 싶다

흔하지 않은 사람

혈관이 분열되는 아픔엔 어머니를 찾았고
환란의 소용돌이 속에선
밤낮을 움켜쥐고 아버지를 찾던 그가,
사람들에게 줄 것이라고는
쏟아지는 비난의 화살 그대로 맞더라도
닳도록 용서를 빌어주는 일뿐이라며
덤으로 가는 길에 초연히
무릎을 꿇었다

남이 잘되는 것에 혀끝 세우는 세상에서
감사할 줄 알고
겸손할 줄 알고
낮게 엎드릴 줄 아는 그가,
오늘일지, 내일일지, 아니면
오십 년을 훌쩍 넘을지 알지 못하는 길까지
흔들림없는 수평으로 가고자
병든 영혼의 돌난돌이 되었다

희망을 놓은 사람들이 잡고 일어설 땐
천진한 아이가 되어 팔짝거리고

고통스러운 듯 엄살 부리면
자신의 생가슴 뜯어내며 치유를 기원해주는
세상물정 몰라도 너무 몰라 가슴치게 하던 그가,
몇몇 해 마른 감성의 황무지에 낱알 뿌려놓고
홀로 시름하더니
맑게 키워낸 소담스런 꽃 한 아름 들고
볼 붉히고 서 있다

손

정신없이 오르다 넘어진 자리
한 것보다 하지 못한 것이 더 많아 울컹 울컹 후
회를 쏟아낼 때
가만히 내밀어 주던 손이 있습니다
어디에 사는지
무엇을 하는지
알지 못한 채 그냥 잡은 손 입니다
아니, 일부러 알려하지 않은지도 모릅니다
너무 많이 알면 섣부른 판단에 그 손 놓아 버릴
까 두려워서일 겁니다
좋을 때는 반질하도록 매만지다가도
작은 실수 찔금 흘러내리면
거침없이 상앗대질해대는 그런 무모함이 아닌
아무것도 묻지 않고 조용히 감싸주는 그런 손
거기엔 눈발 날리는 초로에
오래도록 나눌 체온이 마르지 않게 흐르고 있습
니다

하나 그리고 둘

잘잘근 씹어삼켰던
억 겁의 눈물
쉬임없이 달라붙은 무게의 버거움
더는 견딜 수 없어 벗어내려 할 때
으르렁거리는 바람의 덧니
오금이 얼어버린
그 여자

달려가고
또 달려가도
제 걸음 수없이 밟기만 하는
촉촉한 회한의 눈빛
까매져 버린 가슴 부여잡고
한숨 잇고 있는
그 남자

보름달

1.
캄캄한 담 성큼 넘어
나의 침실로
아슴하게 파고든 손길
꿈인 듯
몽롱하게
전신이 분열작용하는 절정
흠뻑 받아들인
잉태의 밤

2.
샛노란 입덧 아랑곳 없이
탱탱 불러오던 배
별 하나
낳았다
별 둘
낳았다
셋. 넷… 쑥쑥쑥

까르르

온통

별 밭

금세 환해지는 얼굴

알고 계신 건 아니었는지요

평생 다 갚지도 못할 커다란 빚 내게 얹혀주고

갚는다 하면 볼 붉히며 달아나 버릴 그런 당신은

내게 살아야 할 이유를 꼭 묶어 놓고 말았습니다

〈가벼워지는 일〉 중에서

김안나 詩集

5
벽이 되어

듣고
있나요

무책임

방치된 고통 하나가
수직으로 가른 바람 사이로 떨어졌다
열리고 닫히는 순간
봉인되어 버린 하데스*의 문
무료 식권 한 장 멍하니 남겨지고
고통은 침묵이 되었다
불이 되었다
바람이 되었다
과거가 되었다
그리고 우리에겐,
미궁의 숙제가 남겨졌다

———
*하데스 : 그리스 신화에 나오는 죽음을 지배하는 신

꽃샘 바람

초 삼월 꽃바람 살랑 불어도
장딴지 봤다고
허벅지도 봤다고
찧어대는 설은 입방아
느짐벅거리다 행여 뒤쳐질까 곁눈질
웃통 벗고 끼어들어 보지만
벼 한 톨도 못 찧는 빈 방아에 웬 수선이냐
날 선 호통에 퍼래진 입술

새벽의 눈동자

까딱대는 손짓 하나에
하루를 파는 초조한 새벽의 눈동자
내일이라는 건 차마,
입 밖에 낼 수 없는 퇴색한 희망
몇 몇 선택받은 행운이 차에 올라
저마다의 무게 뒤집어 쓰고 시야를 빠져 나가면
바퀴 자국 실없이 비벼대는 발에
조롱조롱 목 빼고 있던 한숨
푹석
떨어진다

반액 할인의 목청 뒹굴던 허기진 자리
꾸벅이던 불씨에 던져진 신문지에서
도사리고 있던
물가가, 금리가, 인력난이
목덜미 향해 붉은 혀를 낼름거린다

날개

달음질 하는 바람에
팔랑대던 날개 꺾였다
드러난 쭉지뼈
악문 절규 붉은 이슬 하염없이 맺힌다
희미한 불빛에 간절히 내민 손
가속의 바람이 더 세차게 뿌리친다

차가운 고요를 연 새벽녘
청소차는 천연히 지난 밤을 쓸어 가고
날개는 풍장 될 몸의 기억을 찾아 헤맨다

목격자를 찾습니다

소리없는 경쟁

새벽을 흔드는 자명종 소리에 본능처럼 일어서
퀭한 빗장뼈 사이 입시를 메고
교문을 들어서는 걸음들
어둠이 물고 온 시커먼 밤이 되어서야
단단하게 붙어버린 나무의자 혼처럼 달고
푹 꺼진 하루 끌고 나오는 무거운 눈꺼풀
공부가 인생의 전부가 아니라고
건강이 최고라고 너그러운 듯 말하지만
늘어선 학원 차량의 경적 소리
1등급을 만들기 위해
거세당한 인성쯤 아무렇지 않은 듯
빵빵대며 사라지는 꽁무니
질질 매달려 가는 소리없는 경쟁

사라지는 것에 대하여

차들이 시커먼 오물 쏟아내며
뚫려버린 내장 속 들락거려도
매케한 고통
웅웅
목청 안에 가두고
발설할 수 없는 입의 침묵

수천만 년 쌓여온 이야기
콘크리트 벽에 그대로
화석이 된 푸르디 푸른
산의 유언

속담 1 - 지렁이도 밟으면 꿈틀한다

모른다
언제부터 내게 다리가 없었는지
다만, 나의 현재는 몸뚱이 하나
까마득한 원죄를 밀고 있을 뿐

헉헉대는 트로트 메들리에 의지한 채
내일은 내일은 내일은…
힘겹게 허물벗는 하루의 끄트머리
호들갑스럽게 날아 온 호화주택 분양 광고장
붉은 딱지처럼 달라붙어
파르르 깨무는 슬픈 분노
마른 땅을 들춘다

속담 2 – 낫 놓고 기역자도 모른다

낫 놓고 기역자도 모른다고

낫이 무엇인지 알아야지

본 적이 없거든

포크(fork) 나이프(knife) 같은 건가

식사처럼 듣던 클래식, 팝송, 원어민 영어 줄줄줄

더 이상 견딜 수 없어

비상구를 향해 헐떡이며 뛰었지

실오라기 하나 걸치지 않은 몸의 낯설음으로 와우!
베이비(Wow! baby)하며 달려 들더군

부끄러움과 두려움에 으앙–하고 시퍼렇게 울어 버
렸지

코를 찌르는 누린내 틀어막고 눈치껏 하이–(Hi–)했
더니

고성도, 제주도도, 독도도, 백령도도, 아닌 어느 황
무지 한 언저리에 고부랑거리는 이름 끼껴 주더군

생목* 오르는 버터 외면했더니

새큼하게 풍기는 김치냄새

본능이 꿀꺽 거리며 무엇인가 몸 안에서 꿈틀대더군

난

누구지

---

*생목 : 제대로 소화되지 아니하여 위에서 입으로 올라오는 음식물이나 위액.

속담 3 - 수박 겉 핥기

햇살도 빗금 긋는 가야산 절벽 한 귀퉁이 서산 마애 삼존불
맨발 내밀고 아슬히 서 있는 이유
사람들은 알려 하지 않는다

역사의 그물에 갇힌 이름없는 뼈 울음 산이 되어도
흔들림 없는 미소 지어야 하는 촉촉한 눈동자
사람들은 보려 하지 않는다

덜그렁대는 바람 깃 천년을 흔들어
발등 찧는 돌꽃 털어내지 못한 채
단군의 끊긴 핏줄인가 애타게 서성이고 있어도
야금야금 역사를 파 먹는 무심한 눈길 스쳐갈 뿐
알려하지 않는다

파꽃

텃밭에 파꽃이 피어오르던 날
푸른 배암 하나
똬리 튼 채 꼬리 끝에 머리를 깊숙이 박고
긴 시름인 듯
생각인 듯
꼼짝하지 않는다
그러다, 무겁던 고개 천천히 드는 동안
아린 독기 빼고
청춘을 핥고 지나온
낱낱의 비늘까지
온전히 벗어내
먹고 먹히는 먹이사슬에서
몸의 습기 접으면
허공을 든 혀 끝으로
풍성히 쏟아지는
하얀 조문

그곳은

자정을 끌고 오는 한쪽의 맨발
빨판처럼 내민 빈병의 주둥이에서 지그재그 빠져
나온 온기
검열관처럼 더듬는 전등 지나
하루 밤을 누덕하게 기운다
어디론가 뛰어가는 소리 소리들 잠시 넋을 놓다가
구멍나 버린 추억 사정없이 잘라내고 돌아눕는
그곳은
산 자의 무덤

벽이 되어

더는 갈 수 없는 막다른 골목길
가로등 하나
느리게 담을 기어 오른다
기역자로 꺾인 관절 끌며
천천히
침묵하며
단단한 명제를 풀듯
온 몸이 벽이 되어
넘어가고 있다

DNA

알밤 속 웅크리고 있던 벌레
아랫도리를 잃고도 꼿꼿하다
단단한 방어막 뚫은 음습한 희열
사랑이었노라
아랑곳 없이 퍼붓는 까만 거짓
무너져 내린 살의 비명
모르는 일이라고 봉인해 버린 DNA

종알 종알 입 연 옹아리 아득하게
땅이 차갑다고 솟은 소름 비비며
한껏 오그린 한톨의 밤
하늘이 왜 자꾸 작아지냐고
엄마 엄마 부르다
다물지 못하고 그렇고 그렇게 굳어간 입

손끝의 대화

촉촉한 감촉이 신경 줄기를 탄다
오래전 그러나 결코 잊지도, 놓고 싶지 않은 아니,
그럴 생각조차 없는
목마르게 그리운 젖내음
거기까지

우주를 떠돌다 유성처럼 떨어진 닉스*의 혈흔 한
방울
빛을 잠식해 버리고
가느다란 기억 낡은 한 페이지로 덮어버렸다
울먹거리기엔 너무나 긴 시간
현실의 파장 끝 끈끈이 주걱처럼 잡고
침묵을 읽는 아이
반들해진 지문

---

*닉스 : 밤의 여신

모호함에 대한 묵념

명료하지 못한 것에 대하여 단호한 결심을 꺼낸다
허망한 유혹으로 잠깐, 모든 걸 포기하려 했던 섣
부름이
우유부단한 원천을 자른다
발버둥치는 혼란의 환영 가슴팍 풀어 헤치고
불안의 틈으로 기를 쓰며 달려드는 시퍼런 독기
사방으로 곤두박질하며 최후의 발악을 하지만
우주의 축을 쥔
난
모호함이 누운 자리
흔들림 없이 향을 지핀다

내 눈이 늙었다

시가 무대를 내려와 객석에 은은히 흐르는 낭송회
맨 앞 좌석
아흔 넷의 원로시인 한 분
두터운 안경너머로 시를 어루만지고 있다
바람이 입가만 스쳐도 약수처럼 암송 시 뿜어 내셨는데
오늘은 뼈들이 주저앉은 소리만 들려 애처롭다
작년 다르고 올해 다르게 말라가는 입술
냉수 한 컵 내어 드리다
천사십니다 하는 그 분의 눈과 마주쳤다
내겐 여전히 쇠진해 보이는 모습

땅끝마을에서

올려다 볼 틈도 주지 않고
내려다 볼 겸손도 없이
매일을 허겁대며 달려왔다
질겁하며 비켜서는 밤낮의
일그러지는 얼굴 아랑곳 하지 않고
지평선 물고 있는 곳까지

이방의 발길에 시퍼런 입 벌리고 있는 땅끝
이쯤에서 지은 죄 재물로 바치면
그대에게 갈 수 있을까
힘껏 손 내밀어 보았지만
아직도 삭감하지 못한 업의 값이 남았는지
발목에 채워진 삶의 족쇄 당기고 있어
아무것도 잡지 못하고
땅의 끄트머리만 긁고 있다

리폼reform 다시 만들다,
재편성하다

　김안나 시인의 세 번째 시집 출간이다. 첫 시집 2003년 「물비늘이 유리창에 박힌다」와 두 번째 시집 2007년 「그대 입술로 피어난 꽃」이 출간되고 4년 만에 내어 놓게 되는 시인의 분신이다. 첫 시집 「물비늘이 유리창에 박힌다」의 작품해설에서 밝힌 바와 같이 김안나 시인의 시는 끈끈한 뒷골목 소시민의 인정과 아픔이 깃들여 있고 소외된 계층의 사람들이 갈망하는 꿈을 잇는 의지를 발견하게 된다. 물론 두 번째 시집의 시선은 다소 변화를 지니게 되는데 시집 제목에서 감지할 수 있듯이 「그대 입술로 피어난 꽃」의 의미를 재단하는 연시의 흐름이 만만치 않다. '소외된 삶의 인생 비평'에 머무르던 시선이 김안나 시의 전부가 아니라는 듯 부드럽고 감미로운 정서의 표현에 주저하지 않았다. 오늘 김안나 시인의 세 번째 시문학 읽기를 앞에 두고 필자는 매우 큰 기대를 걸고 있다.

　2002년 격월간 문학지 한국문인 신인상 시 부문에 당선된 시인은 게으름 없는 문학수업에 매진했다고 보아야 한다. 요즈음처럼 종이책의 독서인구가 격감되고 있는 현실

속에서 독자의 관심은 아랑곳하지 않고 부단한 노력으로 쓰고 읽는 작업을 외면하지 않았다는 사실은 문학인의 올바른 자세임을 보여주고 있는 것이다. 시인에게 부여 된 책무는 한 사람의 올바른 독자를 위한 최선의 노력이다. 그 노력은 내일의 발전을 꾀하는 일이지만 오늘의 최선은 큰 느티나무의 성숙한 그늘을 배양할 수 있는 까닭이다. 김안나 시인은 어떤 일이거나 빈틈없는 노력으로 최선의 모습을 보여준다. 작품생산을 위해 선택한 대상과 마주선 시선도 남다르다. 허투루 대하지 않는 섬세함으로 의미를 끌어 올리고 그 대상과 하나가 된다.

방치된 고통 하나가
수직으로 가른 바람 사이로 떨어졌다
열리고 닫히는 순간
봉인되어 버린 하데스*의 문
무료 식권 한 장 멍하니 남겨지고
고통은 침묵이 되었다
불이 되었다
바람이 되었다
과거가 되었다
그리고 우리에겐,
미궁의 숙제가 남겨졌다

————
* 하데스 : 그리스 신화에 나오는 죽음을 지배하는 신

– 시 「무책임」 전문

예산 장 열리는 날
빗살처럼 뽑아져 나온 날큰거리는* 가닥들 국수
방앗간 거치대에 널려있다
습관처럼 벌어진 가랑이 사이
느긋하게 드나드는 충청도 햇살과 바람
콧등 시큰한 향수다
유명상표도 유통기한도 없는 무지봉투에 대를 이어
오는 동안 저울이 된 손
국수를 담는다
뽀얀 손 털어 낼 때마다 밀 향기는 장터 누비며
후루룩 빈 배 데워주고
오늘은 아무개네 잔칫날이라고 소문이 넝슬 넝슬 춤
추면
외상을 하여도 각서 따위 적지도 받지도 않고 쏜살같
이 달려가는
예산 장에 가면
명줄 길게 뽑아내는 구수한 풍경 하나
천진하게 웃고 있다

————
* 날큰거리는 : 물러서 조금씩 늘어지는 것

– 시 「구수한 풍경」 전문

죽음과 지하세계를 지배하는 그리스 신 하데스를 등장시
켜 시적 의미를 지상으로 끌어올리는 시 「무책임」은 무료식
권으로 연명하던 어느 노숙자의 마지막 삶을 리얼리티하게
그려 놓고 있다. 방치된 외면해 버린 고통(굶주린)하나가 수

직의 바람으로(낙화하는 꽃잎처럼)떨어지고 열리고 닫히는 순간 봉인되어 버린 하데스의 문을 바라본다. 독자는 그 문을 통하여 죽음이라는 돌이킬 수 없는 사실을 읽게 된다. 무료 식권 한 장이 멍하니 주인을 잃고 남겨진 사실, 이 같은 현실이 이 시를 읽게 하는 핵심이다. '무료 식권 한 장 멍하니 남겨지고/고통은 침묵이 되었다/불이 되었다/바람이 되었다/과거가 되었다/그리고 우리에겐/미궁의 숙제가 남겨졌다' 고통은 사라진 주인으로 하여 제 의무를 잃게 되는데 불이 되고(화장의식) 바람(흔적없음)이 되어 과거라는 현실 이탈의 망각 속으로 밀려나고 만다는 의미이다. 여기서 화자는 독자들의 의식을 깨워 질문 하나를 던지고 있다. '이제 우리는 이와 같은 현상을 어떻게 바라보아야 올바른 '사람'인가를 '질문 하나'로 남기고 있다. 자신만을 생각하고 살거나 나 이외는 관심 밖이라고 외면하는 우리 사회의 뿌리 깊은 이 모순에 대한 물음이다. 과연 시의 제목으로 던지는 「무책임」한 이웃이어야 하는 것일까에 대한 대답을 기대하고 있다.

유한한 삶을 살아가고 있는 생명 있는 모든 대상들이 매일을 살아간다는 것은, 매일을 죽음과 동행하는 일이라 해도 과언이 아니다. 다만 그 죽음이거나 삶의 선상에 놓인 사람들이 삶에서 죽음에 이르는 실존의 가치가 어디에 닿아 있는가 하는 문제는 자신을 포함한 세상의 존재들 모두를

귀히 여기는 물아일체의 정신에 있다. 앞서 시「무책임」에서 제시한 텍스트가 무심한 죽음이라면 시「구수한 풍경」은 아름다운 삶에 대한 동경이다. 돈이 있고 없고 하는 경제적 가치를 떠나 구수하다 말하는 정 깊은 풍경 하나가 그리워지는 한 폭의 수채화이다. 이웃의 무관심 속에서(시인은 무책임이라 했지만)생명의 존재 하나가 열렸다 닫힌 문 하나 사이를 경계로 죽음이라는 별개의 세상에 던져졌다. 그러나 세상은 그처럼 무심하지만은 않다는 사실을 보여준다. 아무렇지도 않은 듯 싶은 풍경 하나가 살아갈 수 있는 용기를 주고 살아나게 하는 힘이 된다. 김안나 시인은 그것을 말하고 있다. 마치 몇 초 사이에 태어나는 새 생명들이 있는가 하면, 몇 초 사이에 생명을 다하는 사람들이 있어 세상은 적절한 균형 속에서 존재하는 것임을 시인은 설득해 내고 있는 것이다.

꽃도 아니라고 사정없는 지청구에
붓기 가실 날 없던 눈두덩
냉소의 바람 밤낮없이 맞아도
눈물 고인 웃음 함박 열더니
만삭의 배
달을 품었다
고독을 말던 거친 손바닥

한 움큼
황금을 쥐었다

― 시「호박꽃」전문

해일처럼 밀려든 안개에 길이 사라졌다
허우적거릴수록 더욱 고립되는 하얀 적막
말끝마다 죽겠다더니 눈을 크게 뜨고 살겠다고 난
리다
애간장 녹이는 목소리로 떠들던 내비게이션도 겁
을 먹은 듯
조용한 시야 제로 지대
비상등의 딸꾹질 소리만 아니라면 저승
어디로 가는 것일까
간간히 스치는 붉은 빛이 어릴 적 듣던 도깨비불로
뒷목을 당겨 오금이 얼어붙어 버린다
살면서 한 거짓말이 몇 번인지
남의 가슴에 피멍들게 못질 한 것은 얼마나 많은지
쌓아 쌓아도 태산보다 높은 죄
속죄의 단두대에 놓일 때마다
어금니는 새파란 신음 소리를 내며
홀가분하게 준비하지 못한 후회로 바득거린다
매일 눈을 떠도 늘 함께 가던 삶과 죽음인데

어둠으로 기우는 순간
아직은 주저앉기 이른 시간이라고 별 수 없는 나약함을
앞세워 애원해 본다
언제 끊어질 지 모를 불안이 희미하게 던져진
낡은 차선의 등에 업혀
가다보니 사방에서 튀어나오는 차들
무슨 일이 있었냐는 듯
도로는 환하게 질주하고 있다

― 시 「안개주의보」 전문

　'꽃도 아니라고 사정없는 지청구에/붓기 가실 날 없던 눈두덩/냉소의 바람 밤낮없이 맞아도/눈물 고인 웃음 함박 열더니/만삭의 배/달을 품었다' 시 「호박꽃」의 일부이다. 꽃은 분명 꽃이지만 제 능력을 인정받지 못하는 대상에 보내는 천대를 풍자한 시라고 해야겠다. 종내에는 달(빛의 씨앗=기쁨, 행복)을 잉태하여 풍요를 누리게 되는 고진감래의 질서를 엿보게 한다. 고생만 하던 어머니의 거친 손바닥에 황금이 가득 쥐어지는 결실(자식농사)을 읽게 한다. '고독을 말던 거친 손바닥/한 움큼/황금을 쥐었다' 로 마무리 되지만 여자로 인정받지 못한 어머니가 사셨던 시절의 아픔이 물씬 배어나고 있다.

'해일처럼 밀려든 안개에 길이 사라졌다/허우적거릴수록 더욱 고립되는 하얀 적막(시= 안개 주의보)' 의 도입부이다. 해일처럼 사정없이 밀려든 안개가 앞으로 나아갈 길을 막고 적막 속으로 빠져들게 한다. 안개는 공기 속의 수증기가 얼어붙어 작은 물방울이 되어 지표 가까이에 연기처럼 끼는 자연현상이지만 시문학 속의 소재로 등장하는 안개는 대부분 불확실한 존재를 미궁 속에 빠뜨리거나 확연히 나타나지 않는 미래에 대한 닫힌 문 같은 대상이다. 시 「안개주의보」에서 전달하고자 하는 메시지는 안개에 휩싸여 들어나지 않는 길을 달리는 승용차의 불안전한 운행이다.

불안한 삶의 그림자를 밟고 지날 때 사람들은 자기반성의 기회를 갖게 된다. 시 「안개주의보」는 자욱한 안개 속에 묻힌 길 찾기이다. 보이지 않는 길을 더듬고 가는 긴장이며 공포를 짚고 달리는 긴박한 상황의 순간을 보여준다. '애간장 녹이는 목소리로 떠들던 내비게이션도 겁을 먹은 듯/조용한 시야 제로 지대/비상등의 딸꾹질 소리만 아니라면 저승 어디로 가는 것일까' 까만 어둠 속의 안개 자욱한 길 희미한 차선에 기대어 달리게 되는데 그 순간에 느끼는 공포는 죽음이라는 예측불허의 상황까지 예감하게 되는데, 미리 준비하지 못한 '삶의 정리' 때문에 안타까워한다. 하여 '아직은 주저앉기 이른 시간' 이라며 애원하지만 앞이 보이지 않는 막막한 삶의 길이 안고 있는 '안개 자욱한 길' 의 공포가 극명하게 각인되어진다.

실 가닥 길면 먼 데 시집 간디야
하시며 꽃 골무 끼워주시던 엄니
그 소리 겁나 실 가닥 끊어냈는데
지척인 엄니 집은 수십 타래
수십 타래 시댁은 반, 반 토막
봉숭아 꽃 한 움큼 따
다시 끼워 본 꽃 골무
엄니 틀니같이 헐거덕 대어
숨막히게 조여 보지만
길어진 실타래
칭칭 가슴에 감기고
손톱 밑에 눈썹달 서글피 뜬다

- 시 「꽃 골무」 전문

아녀 괜찮다를 말꼬리마다 다시는 아버지
물 좋고 공기 좋으니 이게 보약이지. 짐승들 있으
니 심심찮고.
애비 걱정말고 너 몸이나 잘 간수혀.
바쁜데 올 생각말고 전화나 가끔 허던가
놀이 삼아 심은 푸성귀라고 건네주시는
고춧물이 빨갛게 스며 나온다
어릴 적, 목침에 올려놓고 내 종아리 때리시며
어디 가서 후레자식 소리는 듣지 말아야 한다 말씀
하시던 대쪽같은 얼굴

이젠 먼저 후다닥 숟가락 거칠게 들어도
두 다리 아무렇게나 뻗고 큰소리 내어도
그려 그려 배 고프니 어여 먹어라 끄덕이기만 하시는
아버지의 낮은 목소리
지천인 싸리나무 가지를 못 보셨나
내일은 회초리 한 무더기 꺾어 가서 실컷 생떼를
부려봐야겠다

– 시 「회초리」 전문

부르면 화사하게 웃어 주던 얼굴
누가 빗금을 그어 놓았습니까
조붓조붓한 손 꼭 잡고
가풀막* 걸어오며 동여 맨 눈물 자국입니까
편하다, 좋다 앵무새처럼 하던 말 알아듣지 못하는
사이
가득하게 서린 외로운 자국입니까
따슨 밥 한번 제대로 드리지 못하고
내 행복 채우느라 허겁대는 사이
힘겹게 여든을 잡으며
나의 무심줄 덮고 있었던 것을
오래 머물지 못할 거라 알면서도
당신이 머물 시간 많지 않다는 걸 알면서도

방황하는 후회는 애꿎은 답답함만 뿜어내며

건강하게 오래 사시라는 염치없는 바람만 또 하

고 있으니

언제나 당신 마음을 알아챌 수 있을까요

가만히 도닥여 주시고

작은 피해라도 줄까봐 급히 돌아서는 발걸음

오늘도

불효 하나 길게 따라 가고 있네요

———

*가풀막 : 몹시 가파르게 비탈진 곳.

– 시 「염치없는 바람」 전문

세월의 실타래에 감긴 어버이의 쇠락한 모습이 자식의 가슴에는 못이 되곤 하는 것이 현실이다. 위에 인용된 두 편의 시는 시인의 늙은 엄니와 아버지를 바라보는 측은지심이다. 그 옛날 서슬 퍼런 아버지의 위용은 간데없고 다하지 못하는 효도로 가슴에 빗금을 긋는다. '실 가닥 길면 먼 데 시집 간디야/하시며 꽃 골무 끼워주시던 엄니/그 소리 겁나 실 가닥 끊어냈는데/지척인 엄니 집은 수십 타래/수십 타래 시댁은 반, 반 토막(시 「꽃골무」)'의 이 시는 친정엄니를 돌보지 못하는 딸의 죄스러움이 스며난다. 시부모에 쏟는 정성의 반에 반도 미치지 못하는 아픔이다. 지척인 엄니 집은 수십 타래, 수십 타래 시댁은 반, 반 토막이 되어지는 현실이다.

시 「회초리」의 시선 또한 무조건 건네주는 나약한 아버지의 사랑에 눈시울을 뜨겁게 한다. '아녀 괜찮다를 말꼬리마다 다시는 아버지/물 좋고 공기 좋으니 이게 보약이지. 짐승들 있으니 심심찮고/애비 걱정말고 너 몸이나 잘 간수혀/바쁜데 올 생각말고 전화나 가끔 허던가/놀이 삼아 심은 푸성귀라고 건네주시는 손끝/고춧물이 빨갛게 스며 나온다'는 아버지는 무조건 '아녀 괜찮다'를 말꼬리마다 다시곤 한다. 어릴 적 목침에 올려놓고 종아리 때리시던 아버지는 간데없고 '그려 그려 배 고프니 어여 먹어라 끄덕이기만 하시는/아버지의 낮은 목소리'는 자식의 가슴에 안쓰러움이 된다.

김 시인의 삶 속에서 밀린 숙제처럼 안절부절 조바심하는 부분이 있다면 자신이 해야 할 일을 다 하지 못하는 자식 된 도리가 아니겠는가 싶다. 아니 어떻게 생각하면 최선을 다하면서도 성에 차지 않아하는 욕심일 수도 있겠다는 생각이다. 부지런히 찾아뵙고 보살피고 손잡아 주면서도 늘 미안해하는 모양새다. 이는 시 「염치없는 바람」에서도 확인되고 있는데 알츠하이머를 앓고 계신 엄니와의 동행길에서 딸은 또 마음이 아프다. '부르면 화사하게 웃어 주던 얼굴/누가 빗금을 그어 놓았습니까/조붓조붓한 손 꼭 잡고/가풀막* 걸어오며 동여 맨 눈물 자국입니까/편하다, 좋다 앵무새처럼 하던 말 알아듣지 못하는 사이/가득하게 서린 외로운 자국입니까' 노인성 치매를 앓고 있는 어머니는 바로 시 「꽃

골무」에서 '실 가닥 길면 먼 데 시집 간디야' 하시며 꽃 골무
를 끼워주시던 다감한 엄니였던 분이다.

쉴 틈 없이 하루가 고단해도 군소리 없던 그
펑퍼짐하게 뭉개고 앉아 버렸다
등만 돌리면 남이 되는 가벼운 세상에서
무책임한 나를 끌고
수만의 갈등 들썩대는 길 걸어오느라
닳아진 살갗
한때는
명문의 콧대 높이며 카랑하게 대로를 누볐을텐데
무능한 사람 만나
질척대는 신음 묵묵히 견디느라 생채기 가득 서린 얼굴
피부 마사지도 받은 줄 알고
네일 아트도 할 줄 알고
성형딱지 붙이고 압구정동 어디쯤이라도
활보하고 싶었을 본연의 적나라한 욕망
반쯤 체념한 밑바닥
고생한다 사랑한다 말해주지 못한 후회 늦지 않길 바
라며
참고 온 침묵의 앙상한 몸에 새 옷 입혀 주니
사뭇 발끝에 저려온다

– 시 「리폼reform」 전문

시 「리폼reform」을 감상하며 필자는 이 시집의 주인 김안
나 시인의 농축된 삶의 크기를 만날 수 있었으며 그의 삶이
제시하는 방향성을 조금 더 확고하게 읽어낼 수 있었다. 리
폼reform은 '다시 만들다, 재편성하다'의 의미를 안고 있
다. 과연 시인은 무엇을 다시 만들고 혹은 재편성하여 이상
적인 세계를 구축하려 한 것일까 생각했다. '쉴 틈 없이 하
루가 고단해도 군소리 없던 그/펑퍼짐하게 뭉개고 앉아 버
렸다' 화자가 지칭하는 그는 정신을 지배하는 영혼의 내가
육신을 지칭하는 부름이다. 쉴 틈 없이 고단한 하루를 보내
고도 군소리 없더니 펑퍼짐하게 앉아버리는 그(몸)에게 결
국은 새 옷 한 벌 입혀 주어 다시금 일어설 수 있는 재충전
의 힘을 열어 주고 있는 것이다. '참고 온 침묵의 앙상한 몸
에 새 옷 입혀 주니/사뭇 발끝에 저려온다'는 것이다. 비록
육신에 새 옷을 입히지만 리폼reform은 지친 육신의 나를
깨우는 정신의 무장이며 새로운 용기로 일어서는 도전이다.

김안나 시인의 세 번째 시집 「듣고 있나요」는 이제껏 그녀
의 시집에서 볼 수 없었던 언어구조의 안정감이나 '무엇'을
말하려고 하는 대상에 기울인 시 정신의 심리적 확대라고 하
겠다. 앞서 두 권의 시집에서 보편적 시각으로 머무르던 관
점들이 한 걸음 확대되어 특별한 대상으로 촉수를 넓히는 시
선이다. 성숙한 자신감이나 세밀한 감성으로 짚어내는 의미
들은 이미 그녀의 이름 앞에 수식 되어지던 신인이라는 이름

을 떼어내게 하는 시점으로 이르게 한다. 전체 수록된 90여 편의 시들을 감상하는 내내 행복했다. 이제 시문학 수업 13년, 등단 햇수 10년에 접어드는 시인에게 주문이 있다면 보다 더 깊은 세상을 보는 시선이다. 삶의 주변엔 수없이 많은 이야기들이 밤나무 밑의 밤송이처럼 떨어져 있다. 문학인들에게 쓸 거리는 내가 찾아나서는 일이지 나에게 다가와 써주기를 기다리지 않는다는 점을 환기시켜주었으면 한다. 세 번째 시집 출간을 깊은 마음으로 축하하며 문운을 빈다.

듣고
있나요

김안나
感性 詩集